U0027588

故事館

故事館

故事館

故事館

둥실이네 떡집

願望年糕屋 6

學習付出的感謝年糕

作者 金梩里 김리리

繪者 金二浪 김이랑

譯者 賴毓棻

目錄

第一章 圓圓生病了 009
第二章 如蔚的眼淚與煩惱 019
第三章 讓痛苦消失的神奇藥糕 035
第四章 開始蹦蹦跳跳的圓圓 065
第五章 尋找材料的重重阻礙 079
第六章 圓圓的最後一個願望 091
第七章 告別的感動時刻 103
附錄一 親子思考時間 134
附錄二 如果你是主角的話 136
附錄三 畫一畫！我的願望年糕 138

第一章

圓圓生病了

「要送圓圓什麼禮物好呢？」

如蔚走進「貓貓狗狗」寵物店，看了看展示架，店裡擺滿了圓圓應該會喜歡的零食和玩具。今天是圓圓來到如蔚家滿一年的日子，所以她想要送給圓圓一份特別的禮物。

這時她注意到掛有一條銀色魚的逗貓棒，夜光的魚眼散發出閃閃光芒。

「找到了！」

如蔚笑嘻嘻的說：「最近圓圓不怎麼愛動，肚子也變得越來越『圓』。如果再這麼放任下去，牠可能會變成一隻肥貓吧！」

如蔚想著圓圓為了抓到那隻掛在逗貓棒上的魚，到處開心蹦蹦跳跳的樣子，心情也跟著雀躍起來。

「太好了！這正是我們家圓圓最需要的禮物。」

如蔚趕緊到櫃檯結帳，買完逗貓棒後，就快步跑回家了。

「圓圓、圓圓，趕快出來，我買了禮物要送給你！」

如蔚一進到家門，就開始大喊大叫。之前圓圓只要一聽見如蔚的聲音，就會立刻開心的跑出來，但是今天家裡卻格外安靜。如蔚到圓圓平常喜歡待的書桌下、床底下和陽臺都找了一遍，還是沒有看到牠的身影。

「真奇怪，圓圓跑去哪裡了？」

嗶嗶嗶嗶——，門口突然響起按密碼鎖的聲音。

「爸爸目前正在外地工作，只有週末才會回家，媽媽這個時間也還在公司上班，所以應

該沒有人會回家才對。」如蔚想著會不會是小偷，突然害怕了起來。

她緊張的吞嚥了幾下口水，眼睛盯著大門看。這時大門打開，只見媽媽走了進來。如蔚的心情立刻放鬆下來，她看見圓圓正待在媽媽的懷抱裡。

「原來圓圓是被媽媽帶走了！不過媽媽今天怎麼沒去上班呢？」

「圓圓最近有點怪怪的，所以我今天請假帶牠去看醫生。」

媽媽似乎剛剛哭過，眼睛看起來紅紅的，被媽媽抱在懷裡的圓圓感覺也沒什麼精神。

「圓圓怎麼了？」如蔚驚訝的問道。

「如蔚，媽媽有件重要的事情要跟妳說，妳別太驚訝，其實圓圓牠病得很嚴重。」

「什麼？圓圓……圓圓怎麼了？」如蔚用

顫抖的聲音問著。

「我今天帶牠去醫院做了好幾項檢查，醫生說牠得了腹膜炎，那是一種肚子會積水的病，現在治療已經太遲了……」媽媽的眼眶裡含著淚水，傷心的說道。

「媽媽，我們還是再想想看辦法，好嗎？」如蔚眼神迫切的說。

第二章

如蔚的眼淚與煩惱

「或許是因為發現得太晚，醫院那裡也束手無策，圓圓實在太沒精神，所以我只讓牠打完點滴，就帶牠回來了。醫生要我們做好最後的準備，在剩下的這些時間裡，希望我們陪伴圓圓，好好照顧牠，讓牠可以舒服的離開。」

媽媽一度哽咽了起來。

「嗚嗚嗚！不可以！圓圓……」

如蔚緊緊的抱住圓圓。

「我都不知道你這段期間這麼難受，真的很對不起！」如蔚眼淚流個不停的說。

圓圓從醫院回來之後，一天比一天更加消瘦，雖然外型是瘦的，但是肚子卻變得又鼓又大，再加上圓圓沒什麼力氣，所以不太能走動，甚至連毛髮都沒辦法自己整理。

如蔚用乾淨的毛巾替牠擦拭身體，每當圓圓痛苦的發出「呼嚕呼嚕」聲時，如蔚就會輕輕的撫摸牠的背，因為當如蔚生病時，也很喜歡媽媽在身邊摸著她的背。

「媽媽，圓圓不是很喜歡出門嗎？我想為牠做一些牠喜歡的事。」

如蔚和媽媽一起帶著圓圓去公園散步。她想在剩下的這段時間裡，陪伴圓圓多看看這個世界。

涼爽的風一吹來，圓圓似乎很開心的抬起頭來看向天空，輕輕的搖著尾巴。

這時，不知從哪裡傳來了人們的笑聲。

「這是哪裡傳來的聲音啊？」

如蔚將圓圓交給媽媽後，慢慢走向笑聲的來源——湖邊。

她在人群中看見一張熟悉的面孔，同班的同學奉求，正在和一隻小狗玩耍。

只見奉求將屁股向後抬起，說：「點點，放屁！」

點點就立刻舉起前腳，將屁股往後面抬

高，發出「噗！」的放屁聲。一旁圍觀的群眾都哄堂大笑，紛紛鼓掌叫好。

如蔚真的很羨慕奉求和點點，因為他們看起來很幸福的樣子。如蔚也好想和圓圓永遠開心的生活下去，但是一想到她們能在一起的時間已經剩下不多，讓她不禁潸然淚下。

如蔚擔心被別人看見，急忙擦掉了眼淚，默默退出人群。這時，有個人正在盯著如蔚。

你問那個人是誰？當然就是吃了願望年糕後，變成人類的蕭偉書啊！他很想知道如蔚為什麼會哭泣。

「這其中一定有什麼緣由。」

盯著如蔚看的蕭偉書也默默離開人群，跟在她的身後。

如蔚跑向坐在長椅上休息的媽媽和圓圓。

「媽媽、圓圓！」

如蔚抱起了圓圓，磨蹭著牠的臉頰。突然間，跟在如蔚後面的蕭偉書臉色變得一片慘白！

「有……有貓……」

蕭偉書嚇得倒退一步，卻不巧被如蔚撞見。

「哈囉！」

如蔚高興的走了過去。

「哈……哈……哈囉！」

蕭偉書又嚇得倒退了一步。

「你是剛轉學來的新同學吧？我們之前在良純的生日派對上有碰過面。還記得我嗎？」

「當……當然。」

蕭偉書勉為其難的用著顫抖的聲音回答，

他想起自己還是老鼠的時候，在這個世界上最害怕的動物就是貓了。

「你也出來散步嗎？」

如蔚抱著圓圓，慢慢的靠近他。

「我不是老鼠，我是人類，我是人類。」蕭偉書就像在唸咒語似的，在心裡反覆的唸著這段話，但身體卻不由自主的打起了哆嗦。

「原來你討厭貓啊！」

「不是那樣的……我只是對貓毛過敏而已。」

蕭偉書好不容易編出這個理由。

「啊！抱歉！」

如蔚嚇了一跳，遠遠的躲開他。

「其實我們家圓圓生了重病，醫生說牠活不了多久了。我很煩惱剩下的這段時間還能再多為牠做點什麼，最後終於想到可以帶牠來公園散步，圓圓以前是一隻流浪貓，所以很喜歡出門。」

如蔚的眼眶不自覺的湧出淚水。

「原來是這樣，妳一定很難受！」

蕭偉書這才明白如蔚看起來為何會如此悲傷，同時也心疼起生命快要走到終點的圓圓。

「看來要開始幫如蔚和圓圓特製一些願望年糕了！」

蕭偉書急忙跟如蔚道別，轉身就迅速的奔向了年糕屋。

第三章

讓痛苦消失的神奇藥糕

炎熱的夏天過去了，在一個秋風徐徐吹來的清晨裡，蕭偉書走到地下室的廚房，翻開桌上那本《製作願望年糕之終極祕笈》。

「做年糕的時間到了！」

「請告訴我，有什麼年糕可以幫助如蔚和圓圓！」

蕭偉書才剛喊完這句話，白紙上就開始出現了文字。

讓痛苦漸漸消失的藥糕

「讓痛苦漸漸消失的藥糕？」

蕭偉書點了點頭，這一定就是圓圓最需要的年糕。接著，《製作願望年糕之終極祕笈》書上開始出現了製作年糕所需的材料和方法。

蕭偉書一看見這些材料和方法，表情立刻變得

生硬，因為上面出現很多他從未見過的材料。

「蓮子、山藥、猴頭菇、薏仁、大麥苗、扁豆……等，原來是要將各種蔬菜、雜糧和蓬萊米粉混合之後，再放入蒸籠裡蒸熟啊！」

蕭偉書確認完最後要加入的祕方之後，點了點頭。

「如蔚一定能順利完成的！」

蕭偉書打開了水缸和布袋。為了找到那些材料，看來他今晚得熬夜了。

找齊了材料之後，蕭偉書趕緊開始製作年糕，因為太陽已經漸漸升起了。

「我得加快腳步！」

雖然時間非常緊迫，但他還是非常用心的製作年糕，同時殷切期盼圓圓在吃完年糕之

菇類
肉桂
紅豆
扁豆
薏仁
蓮子

後，身上的病痛可以全部消失。

如蔚一早睜開眼睛就立刻跑去找圓圓。

「呼！太好了。」她聽見圓圓微弱的呼吸聲之後鬆了一口氣。

如蔚擔心圓圓會在自己熟睡的期間死掉，所以每天總是一睜開眼，就立刻跑去找圓圓，確認牠的呼吸。

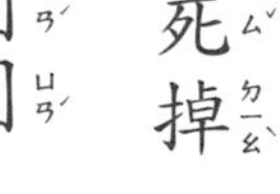

「在我上學的期間，你都要乖乖待在家。我已經拜託媽媽讓我暫時不用去安親班了，我一放學就會馬上趕回來看你的。」

如蔚溫柔的摸著圓圓的背，圓圓虛弱的慢慢睜開眼睛，抬頭看了看如蔚，似乎是在對她說「路上小心」，但是不知道是不是因為牠沒什麼力氣，很快又閉上眼睛睡著了。

如蔚帶著沉重的心情出門，她垂頭喪氣的

拖著腳步走在路上，接著突然在巷弄轉角處，發現了一間她從來沒看過的年糕屋。

年糕屋的招牌上，斗大的寫著「圓圓家的年糕屋」。

「咦？這間年糕屋的招牌和我們家圓圓的名字一樣。」

如蔚猶豫了好一陣子，才打開年糕屋的大門，小心翼翼的走進去，但是裡面什麼人都沒有，如蔚好奇的看了看陳列架上的小籃子，並在最顯眼的小籃子裡發現一塊年糕。

讓痛苦漸漸消失的藥糕

圓圓家的年糕屋

「讓痛苦漸漸消失的藥糕？」

如蔚的眼睛一亮。

「真的可以嗎？如果是的話就太好了……」

她趕緊確認一下價格。

售價：回想第一次遇見圓圓的時候，

充滿擔心的一滴眼淚。

「真是的，還有這種奇怪的價格啊！」

如蔚歪了歪頭。但是她只要一想到能讓圓圓的痛苦消失，不管什麼她都願意去做。

如蔚回想起第一次遇見圓圓的時候——

那是在她放學回家的路上，有一隻在巷道裡徘徊的黃色條紋貓緊緊跟在她的身後，如蔚看牠好像餓了，於是走進屋裡，把媽媽準備給她的地瓜點心，拿給貓咪吃。

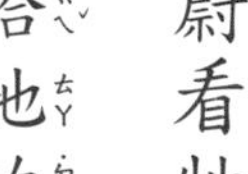

她曾經在幼兒園的時候，看過老師餵流浪貓吃地瓜。那隻貓可能餓了很久，狼吞虎嚥的吃著地瓜，咀嚼的時候還不斷的發出嘖嘖聲。

「原來你的肚子那麼餓啊！」

貓咪沒兩下就將一整條地瓜吃個精光，接著牠抬起頭看著如蔚，像是在向她道謝似的「喵！」了一聲。

從第二天開始，那隻黃色條紋貓每天都會

等著如蔚出現。

原本不知躲在哪裡的貓，只要一看見如蔚出現在巷子的另一端，就會立刻現身。

每次放學回家的時候，如蔚都感到非常興奮。她會不由自主的哼

起歌來，同時加快著腳步。有一天下著滂沱大雨，如蔚在放學回家的途中，又看見那隻黃色條紋的貓咪正淋著雨，蹲在巷子裡等著她。

「怎麼辦？你一直淋雨會生病的！」

如蔚一把將貓抱起，帶牠回家。雖然她很怕被媽媽罵，但也不忍心將貓咪獨自留在下雨的巷子裡。如蔚用乾毛巾替貓咪擦乾身體，還倒了乾淨的水來招待牠。貓咪似乎很開心，發出了「喵——嗚——」的長叫聲，還用臉頰磨蹭著如蔚的手背。

媽媽晚上回到家後，完全沒發現家裡來了一位新客人，卻在凌晨被一連串「砰！噹！噹！」的聲音吵醒了。她打開如蔚的房門，這才發現那隻正在和如蔚玩的貓咪。

「姜如蔚，這是怎麼一回事？這隻貓是從哪裡帶回來的？」

「媽媽，對不起，外面的雨實在下得太大了，拜託您，只要讓牠在我們家待一天就好，可以嗎？」如蔚一臉誠懇的說著。

媽媽仔細的觀察了那隻貓後，嘆了一口氣。

「妳怎麼能夠沒有先跟我商量，就將一隻懷孕的貓帶回來呢？」

「這隻貓懷孕了嗎？」如蔚這才明白為什麼牠的身體會這麼圓潤。

「我總不能將一隻懷孕的貓趕出去吧！該怎麼辦才好呢？」

「媽媽，那就讓牠待在我們家，直到牠生完小貓為止，好嗎？」

媽媽無奈的點點頭。如蔚將貓咪取名叫「圓圓」，因為牠的個性非常溫和，外表又長得圓滾滾的。

幾天後，圓圓生了三隻小貓，眼睛都還沒

睜開的小貓不停的蠕動，要找媽媽的奶喝。

其中有兩隻小貓和圓圓長得一模一樣，有著一身的黃色條紋；最後出生的那隻小貓，毛色則是像棉花糖般的雪白。

「這讓我想起妳出生的時候，妳以前也是那麼小，那麼可愛呢！」媽媽的眼眶在不知不覺中溼潤了起來。

後來這些小貓全都找到了好主人，被領養

回家了，但是卻沒有人願意將圓圓帶回家。

「看來不管怎麼樣，我們都得繼續照顧圓圓了。」

「媽媽，您說的是真的嗎？」

如蔚開心得蹦蹦跳跳。圓圓就這麼成了她的家人。即使媽媽不在家，如蔚也不再感到孤單或害怕。只要和圓圓一起打滾或四處跑來跑去，一天很快就過去了。

如蔚想起圓圓現在因為不舒服而全身病懨懨的樣子，不知不覺流下了眼淚。這些淚水變成黑煙，一下子就被吸進了藥糕裡。當然，只有躲在地板底下的蕭偉書才能看見這個景象。

「原來如蔚是因為擔心圓圓，才會如此焦慮啊！」蕭偉書也流下了眼淚。

付完藥糕代價的如蔚，猶豫了一下，她很想趕快將藥糕送去給圓圓吃，但是如果要從年

糕屋折返回家，今天上學一定會遲到。

「今天就算遲到也沒辦法了！」

如蔚下定決心，迅速的從籃子裡拿起藥糕，走出年糕屋，穿過斑馬線，走上天橋，再爬上坡道，歸心似箭的奔回家裡。

「圓圓，再等我一下。」

如蔚跑得上氣不接下氣，感覺快要昏倒了，但只要一想到正在病痛中掙扎的圓圓，她就一刻也無法停下腳步，用盡最後的力氣跑了起來。

「圓圓，你快點吃吃看這個，這是可以讓痛苦消失的藥糕。」

如蔚一回到家，就立刻將藥糕剝成一小塊一小塊的餵著圓圓。

神奇的事情發生了，生病這段期間飼料吃不多，就連最愛的零食也不怎麼吃的圓圓，竟然乖乖的吃起了藥糕，在不知不覺中已經將一整塊藥糕吃個精光了！

吃完藥糕的圓圓舔著嘴，似乎很開心的樣子，發出了「喵！喵！」的叫聲。

「很好很好，你好棒！」

圓圓很快就睡著了，而牠身上的痛苦似乎暫時消失了，看起來非常安詳。

那天是如蔚第一次上學遲到，但是她臉上的表情卻很開心，在遠處看著她的蕭偉書也很快樂。

第四章

開始蹦蹦跳跳的圓圓

那是一個微風徐徐的清晨。

「請告訴我有什麼年糕可以幫助如蔚和圓圓！」蕭偉書翻開祕笈，大聲說道。接著白紙上開始冒出文字。

像是被風吹拂搖曳的梅花，
讓身體變輕盈的梅花糕

「現在是秋天，可以找得到冬天才會開的梅花嗎？」

蕭偉書一臉擔心的喃喃自語著，但是當他看過製作年糕的材料和方法後，表情又再次開朗了起來。

「原來只要將蓬萊米粉加水後揉成麵團，放入紅豆餡，再捏成像梅花般漂亮的造型就可以了啊！」

蕭偉書趕緊做起了年糕。

在麵團中放入紅豆餡，再捏成梅花造型的過程並不容易。

於是，他一邊想著梅花在冬日隨著微風搖曳的模樣，一邊捏出漂亮的梅花糕。

如蔚一大早就睜開眼睛。一起床，就立刻跑到圓圓身邊。雖然圓圓還是像往常一樣睡著了，但是牠的呼吸聲卻和以往不同，聽起來非常平順安穩。

「呼，真是太好了。圓圓，我去上學了，你要好好休息，乖乖待在家！」

如蔚連早餐都沒吃，就急急忙忙的出門，

像是被風
吹拂搖曳
梅花，
讓身體

往「圓圓家的年糕屋」衝去。

「幸好今天這麼早就開門了。」

如蔚一打開年糕屋的門，大步走進店裡。

展示架上的籃子裡放著一塊漂亮的年糕，牌子上寫著：

像是被風吹拂搖曳的梅花，
讓身體變輕盈的梅花糕

像是被風
吹拂搖曳的
梅花，
讓身體變
輕盈的梅花糕

「哇，這個年糕真的就像梅花一樣漂亮！圓圓一定會很喜歡。」

如蔚趕緊確認年糕的價格。

售價：飽含疼愛圓圓的溫暖目光

如蔚一邊想著圓圓，一邊看著梅花糕，只要

一想到圓圓的名字，她的心就溫暖了起來。突然間，如蔚的眼中冒出了白煙，像花朵般綻放後，鑽進了梅花糕裡。

「原來如蔚疼愛圓圓的心意，就像梅花一樣堅定呢！」

看著這一切的蕭偉書眼中冒出了白煙，笑容像花朵般的綻放開來。

「圓圓，趕快起來吧！我帶了漂亮的年糕

給你吃。」

如蔚一回到家，就將圓圓叫醒。接著一小口一小口的剝著梅花糕餵牠吃，而這次圓圓也乖乖的吃著。吃下梅花糕的

圓圓，身體也變得像隨風搖曳的梅花般輕盈，牠將背部像弓一樣的拱起，接著又將屁股往後挪，伸了一個大大的懶腰，然後自豪又輕快的跳到如蔚懷裡。

「你的動作就像以前那樣輕巧呢！真是太好了。」

如蔚溫柔的摸著圓圓，接著急急忙忙的趕往學校。

獨自待在家裡的圓圓開心的跑來跑去，即使牠跑了好一陣子，動作還是一樣輕快。

圓圓跑到如蔚的房間裡，抬頭看了看高高的書架，書架的最上層是牠以前睡午覺的地方。

牠很想試試看自己的身體究竟變得有多輕盈，於是牠做了一個大大的深呼

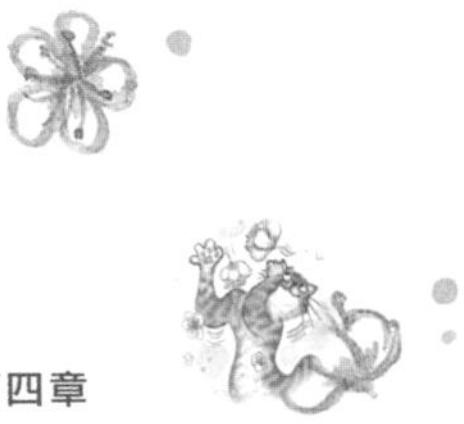

吸，接著跳上書架，圓圓馬上就鑽進了書架的最上層。牠很喜歡書本散發出來的氣味，當牠把頭靠在以前常躺著睡覺的那本書時，睡意立刻襲來。

圓圓做了一個夢，牠夢見當風緩緩的吹過盛開的梅花林，梅花樹上的白色花瓣就像雪花般飄落，圓圓想要抓住隨風飛舞的花瓣，在梅花林裡身手靈活的跑來跑去。

第五章

尋找材料的重重阻礙

那是一個寒風咻咻呼嘯的清晨。

「做年糕的時間又到了！」

蕭偉書趕緊跑到廚房，翻開《製作願望年糕之終極祕笈》。

「請告訴我還有什麼年糕可以幫助如蔚和圓圓！」

接著，祕笈開始出現了一些文字，蕭偉書看見年糕的名稱後，眼神微微顫抖了起來。

可以實現最後一個願望的拔契糕

接著，祕笈上就出現了製作拔契糕的材料和方法。

「將蓬萊米粉加水揉成麵團後，放入紅豆餡，接著捏成半月形的模樣，再用拔契葉包起來蒸熟就可以了。」

確認完最後要放入年糕的祕方後，蕭偉書嘆了一口氣。

「這是最後的年糕了，如蔚應該會很難過吧……」

蕭偉書找到拔契糕要用到的蓬萊米粉

和紅豆等材料後，就趕緊製作起年糕。他一邊將蓬萊米粉加水揉成團、放入紅豆餡、捏成半月形的模樣，一邊想著如蔚和圓圓，手捏得更加用心了。

「好！只剩最後一個步驟，用拔契葉包住年糕，再放入蒸籠裡蒸熟就可以了。」

蕭偉書為了尋找拔契葉，翻遍了每一個布袋和水缸。剎那間，他的表情沉了下來，因為

不管在哪裡都找不到拔契葉！蕭偉書開始懊悔自己沒有先找齊所有材料，就動手製作年糕……」

「糟糕，天就要亮了！」

如果找不到拔契葉，說不定還沒完成的拔契糕就會永遠消失，更重要的一點是，不知道如蔚和圓圓還剩下多少時間可以相處。

「對了，只要去山上找，應該能找到拔契葉了。」

蕭偉書趕緊朝著社區盡頭的山裡走去。天還沒亮，山上還是漆黑一片，他小心翼翼的踏著每一個腳步上山。

「必須在天亮之前找到拔契葉才行……」

蕭偉書既著急又匆忙的移動著腳步，就在這時……

「啊啊啊啊！」

他踩空了，從山坡上咚咚咚的滾了下去，

山坡下正是溪水湍急的懸崖。

「不行！為了如蔚和圓圓，我一定要找到拔契葉……」

即使到了危急的時刻，蕭偉書的腦海裡依然擔心著如蔚和圓圓。

正當他要跌落懸崖的一瞬間，有個尖銳的東西勾住了他的腳踝，他的身體就這麼吊在半空中。

「啊啊啊啊！」

他發出「啊！」的叫聲，接著就突然昏倒，失去了意識。

第六章

圓圓的最後一個願望

太陽高高的升上了山頂，陽光照射在昏倒的蕭偉書臉上，他好不容易才清醒過來。

「糟糕了！現在已經快要中午了，如蔚應該等很久了吧！」

蕭偉書想像著如蔚站在年糕屋門前走來走去，最後失望而歸的表情，內心不禁感到一陣心痛。

「說不定她放學後，還會再來年糕屋一趟。」蕭偉書心想。

下面就是懸崖了，蕭偉書小心翼翼的移動著身體。

「哎呀！」

蕭偉書這時才發現他的腳踝上纏著藤蔓，而且腳踝正在流血。每當他動一下身體，那些像鉤子般的刺就會扎進他的肉裡。

蕭偉書避開那些尖刺，小心的抓住藤蔓。突然，他的表情開朗了起來。

「終於找到了！」

蕭偉書仔細一看，纏繞在自己腳踝上的藤蔓正是他尋覓已久的拔契葉。葉子長得寬寬圓圓的，每根莖上都結有紅色的果實。

他彷彿忘記被刺扎到的疼痛，趕緊摘下晶

嫩、最新鮮的葉子。好不容易採集完拔契葉，他拖著受傷的腿，一拐一拐的走下山。

「蕭偉書今天怎麼沒來上學，他是不是哪裡不舒服呢？」

如蔚有點疑惑的看著他的空位。

「今天年糕屋的門沒開，蕭偉書也沒來上學，真是奇怪的一天……」

放學後，如蔚一副無精打采的走在回家的路上。

當她經過「圓圓家的年糕屋」時，發現一整個早上都緊閉的店門，這時卻敞開了，感覺就像是在向她招手，要她快點進去似的。

「哇，真是太好了！」

如蔚沒有半點遲疑，大步大步的走進了年糕屋。

當她看見小籃子裡的年糕時，眼眶不禁充滿了淚水。

可以實現最後一個願望的拔契糕

「這是最後一塊年糕了啊……」

如蔚確認了拔契糕的價格。

售價：

一邊回想跟圓圓共度的幸福時光，

一邊懇切的祈禱

如蔚想起過去和圓圓共度的那些時光，圓圓很喜歡書，牠會伸出爪子不停的刮紙，只為了抓到書上畫的魚。如果如蔚說故事給牠聽，牠就會蜷起身子，兩眼眨個不停的看著她。如果開始覺得無聊，她們就會一起滾來滾去，然後一起睡著。

如蔚回想著這些幸福的時光，懇切祈禱了很久。不知不覺間，如蔚的眼淚不停滑落臉頰，這些眼淚變成了白茫茫的霧氣，鑽進拔契糕裡。

看著這一切的蕭偉書也跟著落淚，他的眼淚也變成了白茫茫的霧氣。

여울

第七章

告別的感動時刻

「圓圓，希望你能一直幸福，許一個你最想實現的願望吧！」

回到家中的如蔚剝著拔契糕，一小口一小口的餵著圓圓吃。

圓圓吃得津津有味，甚至連包年糕的拔契葉也吃得一點都不剩。圓圓在吃下拔契糕之後，那天晚上睡得很沉。

牠做了一個夢，夢見自己懷裡抱著那些小

貓，小貓們蠕動著鑽進牠的懷裡，而牠將小貓們抱得緊緊的，就像是自己擁有了全世界，那麼幸福。

「睡得真舒服！」

在窗邊灑落的溫暖陽光下，圓圓睜開了眼睛，牠伸了一個大大的懶腰，瞧了瞧屋內。

「看來媽媽已經出門去上班，如蔚也已經去上學了。」

圓圓想起自己好久沒有洗臉了，這可有損貓咪的顏面啊！

「今天就來洗得乾淨一點吧！」

當牠用前腳沾著口水，想要擦臉的一瞬間，牠被自己嚇了一大跳！

原來出現在眼前的並不是一隻毛茸茸的前腳，而是人類大大的手掌。

「我的天哪！這是什麼？」

圓圓嚇了一跳，看了看自己的身體——牠竟然變成了人類！

牠從如蔚媽媽掛在陽臺上的衣服中，選出一件自己最喜歡的衣服換上，那是一件碎花洋裝。

「哎呀，剛剛好呢！」

圓圓站在鏡子前照了照。鏡子裡出現了一個和如蔚媽媽年齡相仿

的人。圓圓這才想起如蔚在餵牠吃年糕時，說過的那些話。

「圓圓，這是可以實現你最後一個願望的拔契糕。你吃下年糕後，想一想自己內心最迫切想要的東西，你的願望一定會實現的。」

圓圓一邊吃著年糕，一邊想像著自己變成一個人類，以及變成人類之後想要做的事情。

「天哪！我這副德性怎麼能見人？」

圓圓洗好臉，站到了鏡子前，將頭髮梳理得整整齊齊，接著說：

「現在總算有點滿意，不如把很久沒有打掃的家裡變乾淨吧！」

圓圓清理了垃圾，也將家裡打掃得乾乾淨淨。最近如蔚和媽媽常常漫不經心，所以家裡變得一團亂。不過圓圓非常清楚她們為什麼會如此心不在焉。

圓圓走進如蔚的房間。

「這是我喜歡的如蔚氣味……」圓圓聞著房裡的味道，大口大口的吸氣，這是牠想要深藏在心底的味道。

牠將亂七八糟的床整理乾淨，又將如蔚隨手脫在床邊的睡衣摺整齊，接著將堆放在書桌的書放到書架上。

圓圓從最高處的書架裡，取出牠最喜

歡躺在上面睡覺的那本書，並聞了聞味道。

「（聞一聞）這是我最喜歡的書本味道……嗯！我會永遠懷念這個味道的。」

圓圓想起如蔚當時寫紙條貼在書本封面時，曾經說過的話：

「我們家圓圓總是躺在這本書上

睡覺，所以我要為它換上新的書名，這本書就叫《圓圓之夢》。」

圓圓想起如蔚溫暖的微笑，把書立好，再放回書架上。打掃完後，圓圓慢慢的環視著家裡四周。

「嗯！現在家裡變得很乾淨呢！」

牠點了點頭，似乎很滿意的樣子。

圓圓走出家門，前往某個地方。牠在一棟

老舊的公寓前停下腳步，這時一樓的陽臺傳來「喵嗚喵嗚」的貓叫聲。

「寶貝們，媽媽來了！」圓圓朝著裡面大喊。有兩隻黃色條紋的小貓看著陽臺外面，高興得發出「呼嚕呼嚕」的叫聲。

「好乖，我的寶貝們，這段期間你們都已經大到我快認不出來了呢！長了不少肉，毛髮

也更有光澤。以後要乖乖吃飯，健健康康的長大。『大大』你要好好照顧妹妹，『小小』你要乖乖聽姐姐的話，姐妹倆要和睦相處，知道嗎？」

圓圓揮著手，不捨的邁開腳步，接著又走向某處。

這次牠停留在一間被矮牆包圍的房子前面，院子裡長滿了許多紅通通的紫薇花，格外惹人喜愛。

「老么，媽媽來了。」圓圓對著矮牆內大喊，有隻潔白如棉花糖般的小貓，從紫薇花叢中慢慢的探出頭來。

「喵嗚！喵嗚！」小貓很快的跑了過來，接著一腳就跳到矮牆上。

「我的『匆匆』好乖！媽媽原本還擔心我們家的老么身子虛弱，沒想到你也健健康康的長大了呢！不過在爬到高處時，你還是要小心，畢竟有句俗話說『貓也有從牆上掉下來的時候』嘛！」

老么匆匆像是明白似的翹起了尾巴，發出「喵嗚」的叫聲。

「你的兩個姐姐『大大』和『小小』都過得很好，所以你也不能調皮搗蛋，要健健康康的長大，知道嗎？」圓圓揮了揮手。

「趕快進去吧！」圓圓最後打了一聲招呼後，就轉身離開了。

站在矮牆上的匆匆傷心的「呼嚕呼嚕」叫了起來，圓圓的眼眶也忍不住湧出了淚水。牠用手背擦了擦眼淚之後，接著快步走向另一個地方。

圓圓在校門口停下了腳步，下課鐘聲響起，孩子們一窩蜂的衝出校門。圓圓在那群孩

子裡看見了一張令人開心的臉孔，於是興奮的揮了揮手。

「媽媽？」

如蔚在遠方看見圓圓，剎那間認錯了，以為那是媽媽。

「真抱歉，因為您和我媽媽長得太像了，所以我才會認錯人。」

如蔚向變成人類的圓圓道歉。

「沒關係，妹妹妳也長得和我們家的小女孩很像呢！」圓圓笑咪咪的說。

如蔚雖然覺得「我們家的小女孩」聽起來有點奇怪，但也不令人討厭。更何況這位阿姨的眼神和表情都讓她覺得很面熟，就好像她們已經認識許久一樣。

「請問您認識我嗎？總覺得以前好像在哪裡見過您……」

「那當然啊！我認識一位像妳一樣心地善良的小女孩，如果能見到她，我真的很想對她說聲謝謝，她可是救了我和我家寶寶的恩人。」圓圓擦著眼淚，點了好幾次頭表示謝意之後，便匆匆忙忙的離開校門口。

「她是誰呢？」

如蔚站在原地，呆呆的看著圓圓逐漸離去的背影。

如蔚一回到家就發現圓圓不見了，雖然找遍了整個房間、陽臺、廁所、書架，可是還是找不到牠的蹤影。如蔚嚇得趕緊打電話給媽媽，急急忙忙衝回家的媽媽也嚇了一大跳。

「妳說圓圓不見了？一個身體不舒服的孩子會跑到哪裡去呢？」

媽媽和如蔚兩人找遍了整個社區，甚至還去拜訪了領養小貓的家庭，翻遍了圓圓常去散步的公園和巷子等每一個角落。如蔚只要一聽到貓叫聲，就會瘋狂的追過去看，但是那些都不是圓圓。

「圓圓，你到底在哪裡啊？」

如蔚和媽媽一直找到深夜，還是沒有找到圓圓。

兩個人回到家後，雙眼無神的呆坐在沙發上，媽媽看了看屋裡，發現了奇怪的地方，家

裡和她早上出門上班時不一樣，變得很乾淨。

「如蔚，妳有打掃過家裡嗎？」媽媽覺得奇怪，問了問如蔚。

「沒有啊！」如蔚回答。

接著，媽媽仔細查看了家裡的每個角落。

「真是奇怪，又沒有人來過，家裡怎麼會變得這麼乾淨呢？」

如蔚這才發現，自己的房間也被收拾得很

乾淨。

「媽媽，我的衣服全部都疊得整整齊齊，書桌和床鋪也變得好乾淨！」

媽媽在屋裡看了看，發現原本晾在陽臺的那件碎花洋裝不見了。

「如蔚，晾在陽臺的那

件碎花洋裝是妳收的嗎？」

「碎花洋裝？」

如蔚想到不久前，自己在校門口遇到的那位阿姨，這才回想起她餵圓圓吃的那塊「可以實現最後一個願望的拔契糕」。

「原來那是圓圓啊……」

如蔚眼眶泛著淚水，她終於明白為什麼那位阿姨一直向她點頭道謝了。

「這段期間我也很感謝你。」如蔚在心裡對圓圓說著沒能向牠說出的最後一句話。

那是一個冷颼颼，刮著冷風的夜晚。圓圓離開巷子，走到了山邊。牠的身體在不知不覺間又變回了一隻貓，腳步非常輕快。牠沒有停下腳步，而是繼續走向山裡的更深處。

天上的三神奶奶默默的看著這一幕。

「這段期間受苦了，真是太辛苦你了！」

三神奶奶頻頻用手背擦拭臉上的淚水。

「幸好有我們家的蕭偉書幫忙，他真是了不起，做得非常好呢！」

三神奶奶在天上望著關上燈的年糕屋好一陣子，接著點點頭，心滿意足的回到天上。

親子思考時間

1. 你有沒有生病的經驗？生病的時候你最希望得到誰的關心與照顧呢？

2. 當家人或朋友生病的時候，你會做哪些事情來表達你的關心呢？

3. 從小到大，你在生活中受到許多的善意與照顧，你最想感謝誰呢？為什麼？

4. 你知道「死亡」的意思嗎？對於「死亡」你的看法或感覺是什麼呢？

如果你是主角的話……

1. 如果家裡養的寵物生病了，你會怎麼做呢？

____

____

____

2. 故事中共出現了三種年糕，每一種的功能都不一樣，你覺得功能最強大的是哪一種年糕？你最喜歡哪一種年糕呢？ 說說你的想法。

____

____

3. 真實世界中並沒有願望年糕可以解決困難，如果你是主角，你會怎麼幫助故事裡的圓圓？

4. 如果你是蕭偉書，你最想幫助的人是誰？你想幫他解決什麼困難呢？

畫一畫！
我的願望年糕

1. 畫出故事中，圓圓與她的三隻寶貝小貓生活在一起的模樣！

2. 畫出一個你想送給圓圓的魔法年糕，並將它的口味和功能寫下來！

故事館

故事館 003

願望年糕屋 6：學習付出的感謝年糕

둥실이네 떡집

作　　者　金梩里 김리리
繪　　者　金二浪 김이랑
譯　　者　賴毓棻
語文審訂　林于靖（臺北市石牌國小教師）
責任編輯　陳鳳如
封面設計　劉昱均
內頁設計　陳姿廷

出版發行　采實文化事業股份有限公司
童書行銷　張惠屏・侯宜廷・林佩琪
業務發行　張世明・林踏欣・林坤蓉・王貞玉
國際版權　鄒欣穎・施維真・王盈潔
印務採購　曾玉霞・謝素琴
會計行政　許俽瑀・李韶婉・張婕莛
法律顧問　第一國際法律事務所　余淑杏律師
電子信箱　acme@acmebook.com.tw
采實官網　www.acmebook.com.tw
采實臉書　www.facebook.com/acmebook

I S B N　978-626-349-146-5
定　　價　320 元
初版一刷　2023 年 2 月
劃撥帳號　50148859
劃撥戶名　采實文化事業股份有限公司
104台北市中山區南京東路二段95號9樓
電話：(02)2511-9798　傳真：(02)2571-3298

國家圖書館出版品預行編目資料

願望年糕屋 . 6, 學習付出的感謝年糕 / 金梩里 (김리리) 作 ; 金二浪 (김이랑) 繪 ; 賴毓棻譯 . -- 初版 . -- 臺北市 : 采實文化事業股份有限公司 , 2023.02
面；　公分 . -- (故事館 ; 003)
譯自 : 둥실이네 떡집
ISBN 978-626-349-146-5(平裝)
862.596　　111021211

線上讀者回函

立即掃描 QR Code 或輸入下方網址，連結采實文化線上讀者回函，未來會不定期寄送書訊、活動消息，並有機會免費參加抽獎活動。
https://bit.ly/37oKZEa

둥실이네 떡집 DOONGSIL'S RICE CAKE SHOP
Text Copyright © 2022 Kim Li-Ly
Illustrations Copyright © 2022 Kim E-Rang
All rights reserved.
Original Korean edition published by BIR Publishing Co., Ltd. in 2022.
Chinese(complex) Translation Copyright © 2023 by ACME Publishing Co., Ltd.
Chinese(complex) Translation rights arranged with
through M.J. Agency, in Taipei.

采實出版集團
ACME PUBLISHING GROUP

版權所有，未經同意不得
重製、轉載、翻印

故事館

故事館

故事館

故事館